당신의 꿋꿋한 자국은
나의 위대한 자랑
　　　　김남준

제 시 만큼은 집이 생겼어요
　　　　　문 하

잠시 영원히
당신을 사랑하는 세상입니다
　　　　윤 민 지

묵직하고
잔잔해지는 하루가
반복되었으면 좋겠습니다.
　　　　송윤지

오늘은 사과나무 심기
참 좋은 날 입니다
　　　　남현수

여전히 　당신의 파도를
듣고 있습니다

여전히　　　당신의 파도를
듣고 있습니다

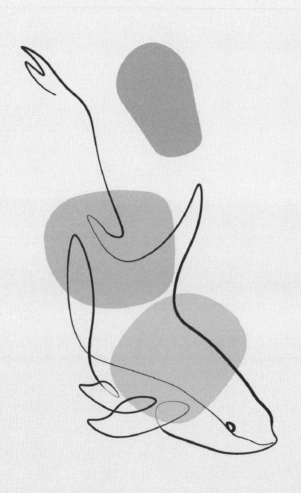

김남준

나의 소원은
이겨 내는 힘이 아닌
지지 않는 마음

instagram   @philoandyourstory

email   knj21c@naver.com

「 언제나 희망을 선택할 것 」

문하

'도시(都是)'라는 단어가 있습니다.

'아무리 해도'를 뜻하는 부사인데,
명사가 되면 바로 모두가 발 디딘 이 시공간일 겁니다.

그런 바늘 끝을 피하고자
조우, 연락, 인력과 들숨으로부터 도망쳐
이름마저 버린 채 돌고 돌아
지면에서 하릴없는 공전을 이어왔습니다.

그러고 보니 '종이의 겉면'이자 '땅의 거죽'인
'지면' 역시도 결국 외면일 뿐이군요.

도시 모르겠습니다.

그래서 아직, 어떠한 안가를 그리는 중입니다.

instagram   @seem_munha

email   immacshim@gmail.com

「 Urban Legends 」

윤민지

눈에 눈을 겹쳐두고
두 팔 안아 한 사람의 영역
너도 나의 이름에 사랑으로 답하는지

다음 대목에서
눈 감던 내 사랑이
무릅써 한껏 가능하면 좋겠습니다.

「 너도 나의 이름에 사랑으로 답하는지 」

송은지

복잡한 마음 풀어낼 곳 없어
찾아낸 종이 한 장에
하나하나 눌러 담아 풀어낸 글들을
이곳에 넣어둡니다.

마음이 잔잔해짐을 좋아합니다.

불안정한 나지만 그것들이 모여
안정이 되는 과정을 좋아합니다.

감정에 솔직해짐을 좋아합니다.

혼자만의 감정을 누군가에게 읽히는 연습 중입니다.

그렇게 또 글을 쓰려합니다.

instagram   @ari__song_
email   vltlr3847@naver.com

「 한 사람의 감정 」

남현수

일상적인 것을 좋아합니다.
엄마 손을 꼭 잡은 아이의 무구한 웃음이 좋고,
무릎에 힘을 넣고 걸어가는 청년의 씩씩한 걸음이 좋고,
깊어진 주름 사이에 피어나는 노인의 고고한 평화가 좋습니다.

빛나는 것을 좋아합니다.
푸른 빛으로 새벽을 깨우는 햇살이 좋고,
옅은 빛으로 밤길을 밝히는 가로등이 좋고,
타는 빛으로 영혼을 살리는 하나님이 좋습니다.

돌아보면 온통 반짝이는 것들로 가득한 오늘,
땅을 딛고서 하늘을 바라보기 참 좋은 날입니다.

instagram   @palette_words
blog   blog.naver.com/ethan_993
email   ethan_993@naver.com

「 보통날의 일상소품집 」

김남준

『언제나 희망을 선택할 것』

하늘에서 내리는 모든 것을
나는 삶이라 부르기로 했다
　삶의 낙락落이 무엇이냐고
오늘은 너에게 물어야겠다

나무

사랑받을 자격이
교만할 자격이 아님을 아는
나무처럼 살고 싶습니다

모두가 사랑을 구할 때
세상을 사랑하기 위해 태어난
나무처럼 살고 싶습니다

사랑인 것에는 기꺼이 흔들리지만
사랑이 아닌 것에는 결코 동요하지 않는
나무처럼 살고 싶습니다

플라스틱

어디서나 보이고 쓰이며
없는 일상을 감히 상상할 수 없는 것이
사랑이면 좋겠습니다

길가에 마구 널브러져 있으며
500년 동안이나 썩지 않는 것이
사랑이면 좋겠습니다

세상 모든 마음을 담는 용기
오직 사랑이면 좋겠습니다

멈추면

멈추면 보인다
구름들이 시나브로 흘러가는 모습이
멈추면 들린다
잎새들이 사근사근 속삭이는 소리가

그렇게 멈추어 있으면 보이고 들릴까
당신의 가린 마음까지도

성마르게 지나치거나 다그치는 사람들 속에서
나 성실한 침묵이 되어 줄 수 있는데
당신의 눈빛이 머무는 곳이 어디든
나 가만히 서서 한참을 기다릴 수도 있는데

당신의 기울어진 이야기를 알 수 있을까
고작 멈출 줄 아는 이 작은 용기만으로도

섬

저마다 지그시 품고 있는
자기만의 섬이 있습니다
누구나 그 외딴 구석을 궁금해하지만
그곳으로 향하는 길은 사뭇 엉키고 비틀려
누구도 함부로 이를 수 없습니다
그럼에도 그곳이 한 사람의 오랜 뿌리라면
그곳만이 한 사람을 특별하게 만드는 깊은 역사라면
수없이 헤매고 넘어질 거친 여정에도
나는 그 세계를 포기하지 않을 것입니다
당신이 나의 섬을 포기하지 않기를 바라듯

흙

흙이 그랬어요
부서져도 된다고
그건 약한 게 아니라고

흙이 그랬어요
부서져야 마땅하다고
그건 잘못된 게 아니라고

흙은 강해요
부서져도 여전히 흙이거든요
부서질수록 도리어 고와지거든요

나는 흙을 노래해요
그 안에 새하얗게 박혀 있는
수많은 작은 별들을 바라보며

캔디

너는 자꾸만 넘어지는 사람
너만의 어쩔 수 없음이 있는 사람
다만 자꾸만 넘어진다는 건
언제나 다시 일어섰다는 것

'그럼에도 불구하고'
너의 유약함이 단단해지는 말
너만의 특별함을 설명해 주는 말

너의 꿋꿋한 자국은
나의 위대한 자랑

풍선

그 입술
살며시 나를 물었다

그 숨결
서서히 내게 흘러왔다

오롯이 당신으로 채워지니
빛과 호흡은 의미를 잃었다

자유를 사랑하는 내가
당신에게 묶이는 상상을 한다

잎갈피

그 품에 폭 파묻혀
잊혀도 좋다 했습니다

어둠도 질식도
그 품에서는 축복이 된다 했습니다

그 품에서는
영원을 염원하게 된다 했습니다

먼 훗날 당신의 손길에 바스락 소리를 내며
죽은 듯 부서져도 그만일 거라 했습니다

온 빛과 호흡을 다하여
사랑했기 때문입니다

포옹

사람이 사람을 안아주고
사람이 사람에게 안기는 일이
한마디 인사말만큼 흔해진다면
얼마나 좋을까
얼마나 많은 것이 녹아내릴까
인형을 안아도 이렇게 좋은데
내가 너를 꼭 껴안아 줘도 된다면
얼마나 좋을까
네가 나에게 안아달라고 한다면
얼마나 좋을까
벅차도록 따뜻한 심장의 만남은
얼마나 다정할까

눈빛

눈빛으로 말하면
말없이도 많은 이야기를 할 수 있지
오해나 거짓은 있을 수 없지

나의 눈빛으로 너의 손을 꼭 잡고
너의 눈빛에 나의 발을 맞추면
밤새도록 춤을 출 수도 있지

눈빛들이 서로를 붙잡으면
어둠은 덧없이 흔들리지

넌지시 그리고 지그시
눈빛은 그렇게 사무치는 품이 되지

너라면

너는 나의 바람이야
내가 모난 돌멩이처럼 내 안에 갇혀
꿈쩍도 하지 않을지라도
네가 부르면 온몸을 던져서라도
네가 이끄는 대로 굴러갈 수 있어
그곳이 어디든 나는 좋아

너는 나의 산이야
커다란 바위 같은 내 자아가
네 영혼에 기꺼이 굴러떨어져
마구 깨질 수 있도록 나에게 기울여 줘
마침내 정착할 곳이 네 품이라면
아무리 작은 돌멩이가 되어도 나는 좋아

너는 나의 양분이야
채 자라지 못한 내 마음은
너라는 손길을 받아 이제야 꽃피우고 있어
너라면 날 꺾어도 좋아
내가 뿌리 내릴 곳이 너라면
아무리 아름다운 꽃을 포기해도 나는 좋아

또 다른 나

무엇을 주는 사람이 되어야 할까
고민이 될 때
내가 정말 받고 싶었던 것을 떠올린다

어떤 사람이 되어야 할까
고민이 될 때
내게 정말 필요했던 사람을 떠올린다

세상 모든 사람이
또 다른 나라고 생각하니
가슴이 벅차오르기 시작했다

새싹

씨뿌리고
물뿌리고
기다린다

재촉하지 않고
무심하지도 않으며
그저 찬찬히 바라보다 보면
언젠가 반드시
새싹은 돋는다

하지만 그 씨앗 결코
혼자 싹트고 자라는 것 아니다
햇살이 바람이 그리고 내가
미쁘게 바라봐 주어야 한다
아무 말 하지 않아도 좋다
그저 지그시 바라봐 주기만 한다면

그러고 보니 우리도 결코
혼자 성장하는 것 아니다
사람과 사람이 그리고 자신이
미쁘게 바라봐 주어야 한다

의심도 비난도 없는
믿음과 격려의 눈빛
오로지 그거면 된다

너도 그렇고
나도 그렇다
어느덧 살며시
새싹이 돋았다

산

바람이 불면
나무는 흔들리지만
바람이 불어도
산은 끄떡없다네

매서운 바람 불어오면
나무는 몹시 휘청이지만
그러다 쓰러지기도 하지만
산은 내색하는 법이 없다네

문득 나는 알게 되었네
거대한 산처럼 의연한 사람도
그 내면에는 여린 나무들이
이리저리 부대끼고 있음을

또한 세상 사람 모두
산처럼 살아가고 있음을
한 점 바람에도 아리는 마음
울창한 의지 속에 가린 채

이제야

고요한 강가 따라
서글피 흐느끼며
떨고 있는 갈대들
이제야 보인다
그동안 얼마나 외로웠을지

낮고 습한 연못 속
한사코 진흙을 견디고
피어난 연꽃 하나
이제야 보인다
그동안 얼마나 고단했을지

웃음에 가린 슬픔이
침묵에 가린 고뇌가
이제야 보인다
그대가 살아온 내력이
얼마나 눈물겹게 아름다운지

달리기

오래 달리기 위해
한숨만을 거듭합니다
멀리 달리기 위해
한 발자국만을 거듭합니다

순간을 인내하며
성실히 반복하면
어디든 갈 수 있다는 믿음을
나는 달리면서 배웁니다

내게 잘하는 게 하나 있다면
그건 아주 사소한 일
그저 하나씩 쌓아 가는 일
나의 작은 위대함입니다

주사위

주사위의 모든 면이
고통의 눈을 하고 있더라도
눈 꼭 감고 한번 던져 볼게

어느 쪽으로 던져도
슬픔을 향해 굴러가더라도
눈 꼭 감고 한 번 더 던져 볼게

수없이 부딪히며 닳아도
던지고 또 던져 볼게
희망은 그런 거라고 배웠으니까

황홀

어둠 없는 삶이
가장 큰 행복인 줄 알았지만
터널 끝 한 줄기 빛이 그리 황홀했던 건
끝 모르게 짙었던 세월의 마디마디를
모두 거쳐 왔기 때문입니다

눈부시게 화려한 빛만이
꼭 황홀인 줄 알았지만
우리의 삶을 진정 환히 비춘 건
기나긴 어둠을 끝내 비집고 나타난
단 한 줄기의 빛이었습니다

가장 찬란한 이야기는
어둠의 끝에서야 비로소 드러납니다
그동안 흘려보낸 눈물의 끝에서
슬펐던 만큼 아름다울
우리의 황홀이 시작되었습니다

파도

무지의 모래알을 끌어모아
믿음의 성을 쌓아 올렸던 일
온갖 어리석음을 무너뜨린 파도를
이해하지 못하고 원망만 했던 일

파도는 알려주고 있었다
어떤 마음은 부서져야만 한다고
파도는 도와주고 있었다
나의 올바른 단단함을 위해

수평선 너머부터 깊이 헤아리며
다정하게 밀려오는 파도에
나는 부드럽게 부서진다

폭포

나는 폭포에 맞서는 삶을 살아갈래요
하지만 폭포를 오르겠다고 하지는 않을래요
그런 이상에 마음을 빼앗기면
소중한 것을 잔뜩 잃은 채로
결국 텅 빈 들판만을 발견하게 될 테니까요

그렇다고 다 부질없다며 포기하지도 않을래요
나는 중력 따라 무력하게 짓눌리거나
아프지 않으려 멀리 도망치는 대신
물처럼 부서지고 또 부서지며
마르지 않는 사투의 나날을 살아갈래요

나는 지지 않아요
젖은 날개를 한사코 퍼덕이며
언제나 여기 존재할 거예요
이 폭포만큼 치열한 삶의 의지가
나를 진정으로 살게 하는 힘이니까요

그럴 수 있겠다

그럴 수 있겠다

누군가에게는
고작 잡초 한 포기
두 포기라서
똑같이 시시한 것이

누군가에게는
무려 꽃 한 송이
한 송이라서
저마다 경이로운 것일 수 있겠다

같은 시간과 공간 속에서
같은 존재를 보아도
외면으로는
아무것도 알아보지 못할 수 있겠다

그 사람이
나일 수도
너일 수도
우리일 수도 있겠다

안경

서로의 안경을
한 번이라도 들여다본다면
알 수 있겠지

나의 세상으로 너의 세상을
너의 세상으로 나의 세상을
결코 온전히 바라볼 수 없음을

우리가 같은 것을 보더라도
서로에게 보이는 건
완전히 다를 수 있음을

우리는 같은 세상에 살고 있지만
너무나도 다른 세상을 살아가고 있음을

낙엽

낙엽이 진다
비틀대듯 흩날리며
모두가 땅으로 떨어진다

낙엽이 춤을 춘다
기쁨과 슬픔의 나선을 그리며
흐느끼듯 넘실댄다

온몸으로 날갯짓하며
아름답게 추락하는
낙엽은 위대한 나비다

끝을 알아도
순간을 비행하는 낙엽을 보며
허무를 세던 손가락을 펼친다

텅 빈 거리가 여명으로 물든다

행복

사람들이 행복이라 부르는 것을
모두 모아 병 속에 넣어 보았다
그중 진짜는 무엇일까
나는 가만히 기다려 보았다

헛된 행복은 곧 사라졌다
거짓 행복은 이내 변질했다
약한 행복은 알아서 부서졌다
그건 나의 행복이 아니었다

사람들은 금세 새로운 것을 채워 넣었지만
그럴수록 나는 병을 점점 비워 냈다
모든 허울을 여과한 구석 자리에
작지만 참된 것이 손을 흔들고 있었다

어떤 사람은 볼 수조차 없는 것
안쪽에 꼭 달라붙어 손에 닿지 않지만
그래서 더 별처럼 은은히 빛나는 것
그게 바로 나의 행복이다

산

홀로 산에 오른다
깊은 바다 같은 적막 속에서
오직 성실한 발자국으로 호흡한다

가장 외로운 순간에
가장 의연한 사람이 된다

짙은 고독이 푸르게 일렁이고
바람에는 파도 소리가 난다

홀로 산에 안긴다
눈을 감으면 외딴섬이 된다
나의 곁은 온통 울림이다

어떤 사람

밝은 사람은
혼자 있을 때
어둠과 싸우는 사람이다

착한 사람은
혼자 있을 때
위선과 싸우는 사람이다

진실한 사람은
혼자 있을 때
양심과 싸우는 사람이다

내색하지 않는 사람은
혼자 있을 때
비명과 싸우는 사람이다

그의 방으로 들어가는 문은
그의 뒷모습처럼 두꺼워
누구도 그의 사투를 짐작하지 못한다

미련

쏟아진 걸 알면서도
줍지 않은 마음이 있었다

꺼지고 있는 눈빛을 알면서도
바라만 보는 마음이 있었다

어떤 게으름은 죄악과도 같았다

탈

하나 둘 셋
못된 생각을 하고
어제 지은 죄를 떠올렸는데
사진이 너무나도 잘 나왔다

다행이자
공포였다
누군가는 나를
평생 오해할 거라는 사실이

누군가에게 나는
평생 가짜일 거라는 사실이
무서웠다
나를 보고 웃는 사람들이

눈

자주 우는 사람이
꼭 약한 사람은 아니듯
좀처럼 울지 않는 사람이
꼭 강한 사람은 아니듯

사람의 눈은 오래 바라보아야 한다
울음으로는 설명이 되지 않아서
아주 오랫동안 바라보아야 한다
눈시울이 붉어지고 마음이 저려 올 만큼

울음

울음을 묻지 말아요
울음을 막지 말아요
나밖에 모를 설움이
겹겹이 쌓여 가다가
구름을 쿡쿡 찌르면
왈카닥 비가 내려요
견디고 견딘 마음이
와르르 쏟아져 내려요
그때는 아무 말 없이
가만히 나를 두세요
마음이 넘쳐흐르게
울음에 온몸 맡기게
슬픔에 한껏 젖으면
다시금 환히 갤 테니

지우개

좋은 지우개가 있으면 좋겠어
연필 글씨만 겨우 지울 수 있는 거 말고
싫은 것도 말끔히 지울 수 있는
그런 지우개가 있으면 좋겠어

울기 싫은데 눈물이 날 때는
그냥 눈을 지워 버리고 싶어
사람들이 내게 화를 낼 때는
그냥 귀를 지워 버리고 싶어

내가 너무 미워질 때는
그냥 나를 지워 버리고 싶어
내가 가루가 되면
그때는 내 마음을 알아줄까?

그냥 몽땅 지우개를 입에 물어 버렸어
어디에도 마음을 쓰지 않으면
아무것도 지우지 않아도 되니까
아무도 알지 못하면 아무 일도 아니니까

가시나무

매섭게 튀어나온 서슬 퍼런 가시
한 번이라도 감싸 쥐려 한 적 있었나
단 한 번이라도 그랬다면 알았을 텐데
바싹 마른 낙엽처럼 부서졌을 거란 걸

유난히 다정한 새들이 있었지
다가왔고 닿았지만 달아났지
그때마다 나무는 파르르 떨었지
그렇게 그렇게 약해지게 된 거지

바람이 불 때면
가지는 다른 무엇도 아닌
자기 자신을 찌르기 시작하지
푹푹

빨대

엎질러진 물을
마를 때까지 두었다
쏟아진 마음은
쏟아졌을 마음이라

가라앉은 표정과
낮게 퍼진 침묵
기울일수록 멀어지고
닦을수록 번지는

주워 담을 수 없는 마음을
일으킬 힘이 필요했다
흩어져 버린 것을
흘러오게 하는 기적이

잔디

잔디는 새벽에 울고 있었다
영롱한 서글픔으로
고요한 흐느낌으로

먼 곳만 아득히 보고 있었다
누구도 기울이지 않는
앙다문 눈물이 낮게 깔려 있는데

어느덧 잔디는 아침을 준비하고 있었다
시린 마음을 훔쳐내고
떨어진 이야기를 스스로 주우며

위로

공허한 처방 대신 마음의 증상을 알아준다면
따뜻한 눈빛으로 찬찬히 들어준다면
다 이해되지 않아도
다 헤아릴 수 없어도

홀연히 침묵해도 잠자코 기다려준다면
얽히고설킨 마음 스스로 풀어낼 때까지
그저 곁을 지켜주기만 한다면
정말로 그렇게 있어 주기만 한다면

울어도 괜찮다는 말을 해준다면
눈물이 터져 나와도 이유를 묻지 않아 준다면
대신 부드러운 눈망울로 미소 지어준다면

꾹꾹 참아 온
끙끙 앓아 온 마음 다 녹아내리도록
먼저 다가와 꼭 안아준다면

그렇게 가만히 있어 준다면
그렇게 한참을 있을 수만 있다면

다짐

사랑
영원하지 않다 믿어도
영원하자 말하자

고통
영원하다 믿어도
영원하지 않다 말하자

눈물의 끝자락에는
다시금 염원을 담은 눈빛이
말한다
사랑과 고통을 두려워하지 말자

슬퍼하고 아파하며
일어나고 또 일어나자
굳센 믿음으로
말하고 또 말한다

사랑의 언어

사랑으로 만들어진
씨실과 날실을
촘촘히 엮어
세상 모든 말을
거르고 또 거르면
과연 무엇이 남을까
사랑 하나 통하지 못할
우리의 말은 얼마나 많을까

그 찌꺼기 틈에서
영롱한 사랑의 언어가
단 한 방울이라도 내리어
입 안에 고이 머금을 수 있다면
나 다른 모든 언어는
기꺼이 포기할 수 있는데

사랑의 기도

어떻게 사랑으로 살아갈 수 있는지
여전히 사랑이 벅찬 내게 알려 주소서
자꾸만 분연히 일어나는 불꽃은
공들여 쌓아 온 사랑의 탑을 그을립니다

사랑을 노래해 온 입술이
무정한 소음 속에서 바싹 말라갑니다
사랑은 알면 알수록
너무나도 어렵고 두렵습니다

사랑은 달콤하지만은 않은 것
결코 정체해서는 안 되는 것
오히려 사랑은 사투임을
많은 나를 포기하며 때로는 아파해야 함을

하지만 사랑이 전부임을
사랑이 아니면 아무것도 아님을
당신을 통해 알게 하소서
또한 내내 사랑에 요동해 온
이 삶이 틀리지 않았음을

희망을 포기하고 싶을 만큼 고뇌를 앓아도
끝내는 위대한 사랑을 깨닫게 하소서
그리하여 약하고 악한 이 세상마저
기꺼이 사랑하게 하소서
다만 수많은 시련에도 무너지지 않도록 나를
영원히 사랑으로 이끌겠다는 확신을 주소서

오직 당신을 통해 내가
모든 가치보다 가치로운
참된 사랑으로 살게 하소서

문하

『Urban Legends』

CREDIT

EXECUTIVE PRODUCER 문하
ART COORDINATION JAY THE BEST ARTIST

MANAGEMENT 한국의 저를 품어주신 교회 모든 분들과 우 목자님
PRODUCTION CONSULTANT 흰 가운의 김 선생님
ART PRODUCTION 첫 시작 함께한 작가 모임의 여러분, 약속 깃든
만년필 선물해 준 누누, 언어의 언어 나눈 박 선생님

A&R 꿈공장플러스
A&R COORDINATION 5년 넘게 음악 되어준 귀인 최와 이, 최고의 연
기자 주 배우와 박 배우, 항상 지지해 준 송

MASTERED BY (always extending my cordial and grateful regards to)
ALL THE SAVIORS IN CANADA (the Saviour, my savior KATIE, every
member of M P CHURCH, and the doctors) AND M IN THE STATES

혼잣말

이유는 알면서도 차라리 모를래

있잖아
뒤로, 저만치 그림자보다도
뒤로 두는 일은 참으로 허기져

고향과의 사별이 어떤 의미인지
2호선으로 천도한 너는
치열히 알고 있지 않니

이는 어릴 적 꿈의 그린벨트일지
혹은 돌아갈 수 없는 분계선일지

정처 없이 돌고 도는 안착된 탈선의 나날

상경은 새로운 하늘 아닌
더 낮아진 분지임을
그때도 알았더라면...

실은 도시의 바닥이 이 발보다도 아래였단 것을
이해가 아닌 어떠한 규율로 받아들였더라면...

별마저 귀가하는 밤의 11시 52분
그럼에도 아픈 걸음을 부단히 하지

있잖아, 그래도 알지 않니
경보하는 시침은 다시 돌아옴에도
우리의 시간은 나아간다는 것을

멀어진 고향이
실은 해를 따라 결국 돌아온다는 것 역시도 말이야

삶의 이유는 시간과 같아서 치환되지 않지

나아감에 그저 쌓여
이마저도 고향으로 삼는
그런 착한 녀석일 거야

아주 결핍되지는 않은

하늘 위 조개무지

해묵은 꿩 한 마리
입동 맞춰 바다에 입수하면
크나큰 조개가 되지요
신(蜃)이라는 이름으로

훗날 지상의 액수와 평수 될 수생 생물,
일렁이는 물의 결 따라 뱉는 영검한 기(氣)는
조개의 집을 까먹는 도시민의 눈을 흐리지요

집이 없어 떠도는 이 앞
굳건한 신기루(蜃氣樓)는 그렇게 나타납니다

반포동 어느 혼응토 등성이서
추위에 떨다 올려본 하늘,
진정한 정상은 고층 회색 껍데기였고
이는 하늘의 수위보다 더 높이 위치함에

무주택자는 고사하고
이 도시의 유목민에게는
그저 고루거각(高樓巨閣)

나의 집이란 것은 역시나
지냄 아닌 좇음의 대상인가 봅니다

그만큼 허망함의 복사열은 강강하고,
젊은 발밑이 아닌
머나먼 곳에서만 보이는
그런 안식의 굴절

해묵은 나그네 한 명
입동 앞둔 밤거릴 떠돌다
하늘 위 또 다른 하늘이자 바다를 보지요

집이라는 이름으로

찬란한 조개무지가
그날따라 유난히 빛나고 있었지요

브레멘 음악대는 왜 밤에 합창하는가

바드득 혹은 뽀드득
드디어 하늘에 쳐진 밤의 커튼 자락

존재의 반지하 단칸방에 갇힌 채
일제히 아가릴 훿이 벌리네

오므라진 환생의 화살표 세 개가 무시된 채
서슬 퍼렇다 못해 잔인무도한 이 거리에 유기되었네

단 한 번의 쓸모와 교환된 몸뚱어리의 안위는
저 달무리처럼 그리 피상적이었나

일회용기, 윤회조차 내던진 일회용기

보온의 테두리 안에서 길러지고 쓰임새 투영되는
가축과 다를 바 없는데,
같은 사용에 다른 처우는 무엇 때문인가

충수(蟲垂)처럼 삼켜진 뒤 도로 뱉어지는 운명
편리(片利)는 말 그대로 절반의 조각되어
그렇게 실존의 여집합에 강제 예속되었다

그러니 존귀를 부르짖는 합창을 거행해야만 한다
도시 무대 저편의 가로수가 기립 박수 보내고
차디찬 나이테 서린 차선이 호흡 고르는 이 밤에

저 마천루 너머 인간의 온음표 뜨면
전부 나무 자락에 쓸려 없어질 터이니
두 발의 이기심이 곤히 누운 지금 불러대야 한다
그리고 이들과 다름없는 나 역시도 목놓아 부르리

대기의 검은 지평선 아래
칼바람 타고 유랑하는 신세

입술과 입술 모여 울부짖는
밤의 아리아

엄중히 서 있던 신호등이
녹색 큐사인을 내리고

가장의 양말

곰팡이 옆, 남은 일력은 단 여덟 장
둘뿐인 가정의 아들내미가 순록을 기다리는 흰 밤

회색 철근을 마저 세우고
저 멀리서 돌아오는 생계의 길

며칠 지나지 않은 처음에
적갈색 당근 코마저 녹아내릴 것 같은 그

드디어 순록과 함께 온 거냔 일곱 살의 잠결은
아직 다 헤지지 않은 안경천과 같았다

그는 힘없는 눈의 거짓말을 빌려
조금, 아주 조금 더 지체될 것이니
얼른 다시 누워 네 발의 친구를
이번엔 놀라게 하지 말자고 해버렸다

그동안 없던 첫 선물
전달에 있어 판잣집은 올해도 길을 잃었다
며칠 뒤 사라질 이 나름의 번지수처럼

더는 없는 양말과
걸 수도 없는 가난한 기대

다음의 아침
안전고리 차던 황 씨는 양말 한 짝의 행방을 물었고
전처럼 대못 밟는 일 없으라 퉁명을 줬다

그 시각, 7년의 기다림이 통했다며
기쁜 아인 크림빵과 팩 우유를 홀로 얼싸안았다

눈 대신 회색 먼지 내린 비닐
코가 빨개지도록 순록이 밤눈 헤쳐 오느라
먹지도 못했을 것이란 미안함을 눈물과 함께

쌓아 올려지고 있는 지금의 철근보다도 어두운 방 벽

바닥면만 붉게 물든
나름 가장된 성탄 양말 한 짝이 곰팡이 옆에

벼랑 끝 수리부엉이의 학명은

부보 부보
그렇게 안식은 서녘에 울지요

도시의 빛은 명암을 몰라
시간마저 잊은 채 이리 폭력만을...

떠는 귀깃만큼이나 갈린 발톱은
접힌 날개 아래서
땅의 끝을 부둥켜안을 수밖에 없어요

찰칵
숲이 불허한 뜬 눈의 시각
또 다른 두 발의 굉음

무음은 당신들의 외람된 소음으로
곤히 쉬는 숨과 함께 박제되곤 하지요

탐조(探鳥)라는 말이 가능하긴 한가요

안식의 일순마저 깨우고 가는 뒤태도
그 앞은 작은 모든 걸 빼앗겼는데...

'수원 지검 형사 2부는 안산 대부도에서 수리부엉이 둥지를 촬영한 3인에 대해 벌금형으로 약식 기소했다. 문화재보호법('허가 없이 천연기념물 포함 국가 지정 문화재의 보존에 영향을 미칠 우려가 있는 촬영' 등을 처벌할 수 있는 규정) 35조 1항 3호와 101조 3호 위반 혐의를 적용...' [1]

어둠을 살고 낮 기척을 피하는 존재
지켜줘야 해요, 모든 수리부엉이를

다시 부보 부보
안식은 그렇게 이름이 될 만큼 울어대지요

무심코 다가감 아닌
먼발치의 안아줌이 기억되도록 울어대지요

쉼을 위해 쉼 없이 울어대지요

1) 용태영, "사진 좀 찍겠다며 수리부엉이 괴롭히다가...사상 첫 처벌," 「KBS 뉴스」, 2016년 12월 6일.

숲을 먹는 사람 (Skit)

더는 겸을 수 없는 이파리를 뒤로하고
별의 뿌릴 태워 자생하는 꼴

이제는 짙은 고목의 향마저 잠들 수 없으니
그저 또 화전(火田)을 일깨운다

'먹고살다 보니...'

'경황이 없어서...'

재차 드려야 할 인의는 불길 되어 사그라들었고
그곳에는 새까만 송구함만이 자리했다

그리고 동네 교회 지붕 위 십자가는
무섭게도 높이 있어
혹 깔려 죽을까 벌벌 떨곤 했다

눈물 섞인 날숨 후
흙길 위 인력을 서툰 발로 비빈 뒤
억지로 눈의 매무새를 매만졌다

이전의 시간으로도
충분히 앞날이 괴로울 수 있다는 건
숲을 먹고 나는 이의 숙명

그 삶이 앉았다간 터에는 그림자마저 없다

단순한 감사와 의미 치레만으론
다시 푸르지 못할 세계가 있다

시간에게도 안녕 받지 못할 자가 여기 있다

The Little Deep-Sea Fish

무릇 멀어짐이 그렇듯
먼저 등 뒤를 내어주세요

그렇게 광원이 거두어짐에
도시 속 어느 한 평은
비로소 해저의 영역이 되었습니다

이 도회지엔 천장뿐인 줄 알았으나
불현듯 하강하는 해수 덕에
바닥을 알게 되었습니다

마음의 반대편을 보여주셨으니
등 돌린 게 아닌
똑같이 등이 달아있을 거라고...

받아든 그림자 덕에 눈이 퇴화된
이 심해어는 그리 되뇌어봅니다

기포조차 숨죽여 어깰 떠는 깊은 수심
일말의 빛마저 우회하는 해저도시

동화에서는 누군가의 행복을 대신 빌면
공기가 되어 이곳을 벗어날 수 있다는데
인어마저 등한시하는 표류의 존재는 어찌하라고...

지상은 어떠할지 몰라도
물의 세계에선 회귀가 없으니
그저 가만히 불 켠 채 있을 수밖에

어떠한 외마디
혹은 낮은 점이 되어있을 수밖에

그렇게 거울 안을 바라보았습니다

네모난 방관

바닥으로부터 몇 뼘이나 올라와야 할까
누군가의 마지막 기척을 직시하는
이 방관의 높이까지...

눈이 동그란 유기체들은 CCTV라 하지만
어떤 사고를 감시하고 방지하라 하지만
나는 그저 하나의 초라한 시선일 뿐인걸

이번에도 지켜볼 수밖에 없었던 네모난 충돌
가기 바쁜 그 차는 그 대로에 던져졌다

0과 1의 언어로 부리나케 호들갑 떨어보지만
안다, 아니 이미 알고 있었다

내일엔 체계를 넘어선 2라는
안타까운 다음이 있다는 것을

떠나는 차의 도망 소리는 냉정히도 작고
그 뒤로 쓸린 먼지 한 명은 목 놓아 운다

마음이 몸과 멀어져

선명히도 하얘진 실루엣은 아스팔트에 귀의한다

새벽 네 시는 누군가와 전부가 멀어지는 시각
눈앞에는 백색 눈물샘이 사해(死海)를 이룬다

내가 할 수 있는 건 그저 바라보거나
고개를 돌리는 것뿐

몇 가닥의 전선이 그 에러를 감히 이해할 수 있을까

현실의 잔상을 옮겨내어도
그 이면은 줌인할 수 없는

수많은 머리를 아래 두어도
그 속엔 볼 수 없는

그리고 차마 헤아릴 수 없는
사각지대가 있는 것 같다

잠의 언어

먼저 오시느라 노고 많으셨고
이번에도 먼저 가시느라 노고 많으십니다

열셋이라는 시간의 뒷걸음 혹은 앞걸음이
타고 계신 비행기처럼 홀연히 떠나버려도
존엄한 별의 기원에 결국 감사를 표할 뿐입니다

누군가는 신성한 기도를 마치고 잠이 든 시각
또 다른 누군가는 잠을 그려봅니다

달의 빛 자락은 더없이 선명하기에
그 안에 사는 토끼는 정말이지
열과 성을 다해 뛰어다니기에

오늘도 아침이 떨군 밤의 개수를 세어봅니다
그리고 나의 밤을 대신 얹어드립니다
지샌 몫까지 더 주무시라고

그만큼 남겨진 땅의 온도는 시퍼렇게 낮아짐에
나의 언어는 구름과 함께 위로 올라갔습니다

적어도 그 말과 하늘의 뜻에 있어
무사 비행을 그리는 십자가의 바람

그래서 바람인가 봅니다
지상의 무거운 기운을 가뿐히 지나칠 수 있는
그런 바람이어서 바람인가 봅니다

이런 바람이 목하 밤을 빚었고
대기의 그림자를 따라 잠의 언어가 깨어있습니다
나의 잠을 빌어 적어도 마음 편히 떠나시라고

잠언(箴言)이 결코 아니길
그저 순풍만큼이나 작은 바람 깃든
잠의 언어일 뿐이길

이 약소함을 담아 겨울만큼 진실되게 씁니다

삶은 공항과 같기에 연은 오고 감을 품는다고

오르골, 시간의 노래

만에 하나, 그것이 추억으로 억지 기재될 수 없다 해도
어느 이에겐 우주가 될 거예요
돌고 돌아서

시간의 잔향은 기억에 음계를 더해
토성만큼이나 에둘러 뻐끔댈 거랍니다

떠나는 이는 공허함을 모르기에
박혀가는 이의 코는 힘겨울 수밖에 없어요

오르골은 서글프게도
닻 놓였던 마음자리를 더욱 빨아내기만...

두 귓가를 빌려 아린 눈물을 잠시 숨겨보아요
뾰족한 그 공간이 둥그런 우주가 될 수 있도록

헌정하는 시간의 노래는
너무나도 투명하여 부정할 수도 없지만
적어도 기억으로 부를 수는 있을지도

만에 하나, 정말 만에 하나

그 그림자가 끝 모르고 따라온다 해도
저 태양의 미소가 바짝 위에 있을 거예요

그렇게 마음의 시간 노래가
돌고 돌아서

Do Not Disturb

뭉툭한 입자만이 낮게 깔린 통화음 너머
어떠한 대답이 아닌
강가의 넘실거리는 네 두 어깨가 진솔하구나

그 흐느낌에 숨 돌릴 새 있도록
지금의 달에 잠시 손팻말을 걸어두마

연민 아닌 감정이니
딱히 무어라 하지 말자
사람은 다 그런 거니까

해 보기 두려워 발밑의 밤을 좇는 거라면
그래, 차라리 너의 녘을 살자

마주한 수풀 속 고라니도
저 안에서 들리는 두 날개의 젖은 소리도
지금만은 네 감정을 잠시 기다려줄 터이니

감사함은 상대방이 아닌
생존해있는 자신에게 돌리도록 하자
때론 그 자체만으로도 고귀한 것이 있으니까

머리 위를 올려다보렴
오롯이 떠 있는 달이
따듯이 내려주는 핀 조명

그 옆, 별들마저 빛 죽여
고운 숨만 쉬고 있지 않니

북의 노래 (Interlude)

바닥과 가까이 누워
이렇게 게워내는 일생이
썩 나쁘진 않기를

그래, 모든 걸 세탁해낼 수는 없어

본래는 허릴 꼿꼿이 편 채
노랠 부르려 했지만
무색유취 그림자 삼킨 채
그저 차분한 물의 오르골

북의 운명이란 무얼까

애써 모르는 손가락은
잠시를 두고 떠날 뿐

두드럼 두드러엄

자전하는 지구에 발맞춰
젊은 날은 은색 원통함
안에서 돌고 또 도네

'새하얘질 거야.'

반짝이지도 않는 두 눈을 구태여 건조하게 치켜뜬 채
널리고 널린 하루를 새것처럼 걸어두려 하지

굳게 다문 입을 열면
또 다른 과거가 나올 뿐이지만

그래도 이것이
그리 썩 나쁘진 않기만을

그렇게 외

그래서 왜
큰아버지는 이 땅 아랠 훑고
저 하늘 위로 산책 가셨나
다신 오지 않을 인부의 발자국

원체 인간사는 짝이며 생명은 짝수인데
두 번의 감수분열마저 부족하여
모든 것의 단 하나를 그리 빼 들었나
어금니에 삶의 중량 얹어가면서까지

묻히는 건 언어 하나로 충분하다 싶지만
단풍이 대신 적을 두기 전
그보다 일찍 떨어진 공사장 별잎

할아버지의 방탄모 옆
또 다른 안전모가 놓이리라 생각지도 못한 추석

짓고 계셨던 그 건물 빼닮아
모든 하중이 쌓아 올려지는 가을
10월은 산 자들의 입에 엄중히 철근을 박아놓는다

그 대의 위서 바라본 감수 1 분열
2n에서 n으로
이형분열, 아직 형제의 대는 유지되었다

감수 2 분열
더 이상의 n 분할 없이
동형분열, 여전히 아버지는 남아 계신다

실체이든 잔상이든
안전화의 발자국이 가시지 않는 한
남음의 말은 사어가 되지 않으리

그렇게 왜인지 보이지 않는 맥을
재차 짚어본다

'아빠도 그렇게 외아들이 되었다.'

홀로 남은 그 말을

고양이의 울음보다 늦은 삶

창백한 담벼락 위로 둔탁하게 뛰어올라
겨울밤처럼 우는 흰 고양이

배고픔이었을까요
인사였을까요

아니면 마지막인데 무어라도 말해보란
재촉이었을까요

그리고 당신은
말이 무엇이라 생각했나요

세월과 불이 마찰하여 이는
담배 연길 물 입조차 유실된 지금,
49재 말일의 전야입니다

그동안 응당 오갔어야 하는 입(口)은
절단 혹은 단절을 거친 후
그 모양 따라 입관되었지요

수명은 불과 같아 사그라듦 있고

생애는 납골함 앞처럼 나눔이 있다는데
때늦은 울음은 무용의 담화겠군요
핏기 가신 저 벽과 다름없이 말입니다

이 땅 위 그림자 서리는 동안
말의 오고 감 없었다면
그 뒤 역시 외람하지 않도록
조용히 지키는 게 맞겠습니다

먼발치에서 잔존하는 당신의 세월로서
자식은 내일 입을 수거하려 합니다

겨울처럼 참고 세월처럼 보내는 것

그것이 해야 할 일이자
해나가야 할 말이겠지요

이제 목탁의 읊조림이 담을 넘어오기 시작합니다

자갈의 용도

본래라는 것은 무척 애달픈 대상임을 아시는지요

두서없이 자리 잡혀 마치 꼭 그래야만 하는 입지
이는 참으로 알 수 없어요

만일 그의 목 안 돌멩이가 사라지지 않는다면
더욱 성실히 짓이겨 버리겠어요
훗날 암초 하나 나지 않도록

아픔과 울음 섞인 어조 따위야
문밖에선 그저 삭여 공복을 달랜다지만...

매만지지도 못하게 결이 잘린 성대
차라리 체념할 수 있게
끝까지 부싯돌 되어 깡깡

일말의 산 기척 새어 나올까 두려워
항변의 소리마저 묶음 되도록 자그락 자그락

나아지라 소리쳐도 그리되지 못하는 그를 힐끔 보면
나 자신은 존재를 부정하게만 됩니다

쓰임이 닿지 못하는 그쪽 세계는
어찌해야 하나요

더는 풍화될 수도 없는 자갈로선
본래 그럴 수밖에 없나 봅니다

달그락

이 밤, 반만 누워 생긴
침대 위 땅거밀 내쫓기 위한 몸부림

다시 한번
용도와 분수 중 어느 하나에도 맞지 않는
이 알약의 모양새가 부지런해져 봅니다

미역의 날

들지 않으면 결례일 것만 같은 하루
외부서 공급받아온 작은 바다의 형태를 차린다

절반에도 못 미치는 미성숙의 달
익지 못한 채 맞이 당하는 5월의 생일

미역의 밑동처럼 어떠한 자양분 없이
세상 밑바닥 같은 바위만을 그저 움켜쥐는 존재
홀로 하염없이 바다 잡초이다

한술 떠 삼키는 건 우월함의 재고가 아닌
도리어 동질화의 과정

직육면체 바다는 거칠고 쌀쌀맞아서
미역은 파랗게 질려있다
춤사위로 보이는 몸짓도 실은 표류 섞인 결박이다

겨우 삼켜 없앨수록 속에서 자라나는 생의 비애
날을 잘못 잡았다, 하필 즐겁게 기려야 할 연례행사에

극지방의 피라미드

냉장 칸보다 더 아래인 냉동의 영역
생존의 욕구는 냉장고 속 한가득 얼어있다

허연 날숨만으로 채워진 저온의 곳간은
당도와 종착이 한순간에 끝나는 곳

냉대한 세상만큼이나 Maslow는 옳았다

추구에도 위계가 있다면 그것은 타살인데
실은 시반이 너무나도 자의적이었다
바꿀 수 없는 명백함은 매한가지

무탈에 대한 간절함으로 연 대문 너머는
극지방처럼 냉엄했고
해동되지 않은 무심한 웅웅 소리는
한숨과도 같을 뿐

상해 당하지 않을 권리는 어디에
극히 낮은 생명 계층에는 유통기한만이 차갑게

사생아의 공놀이

울긋불긋 아우성치는 전파 상자 속 화투판
리모컨의 무념한 채널 패 섞기

어제의 달이 죽기 전 미리 조명해놓은 새해엔
따스한 해가 없다

누군가 미우면 떡을 준다는데
이 골방의 그림자는
귀염을 받거나 혐오에 가깝나 보다

그런 양극단의 세상이 낳은 30대 사생아,
주변이랄 것도 없으니
무언가의 낙인조차 수령할 수 없는 자

채널 N번
스님은 이러한 공(호)을 무한한 가능성이라 했다

생성 이전의 씨앗인 지점
허무 아닌 채움이 자리할 수도 있겠다

주변인, 고향 등 하나라도

역방향의 발자국을 빚어줄 수 있겠다

그리고 채널 N+1번
목사님은 주님의 은총이 공(空)에는 없다고 했다

생명과 사랑이 결핍된 세계
채움은 단지 공허함이 그리는 이상향일 뿐

유실의 개념도 아닌
애초부터 부재의 녘을 사는 그런 사생아

도시에 버려진 삶에 있어
공 타령은 해서 무얼 하나

채널과 같이 그저 이리저리 돌려지는 공

금야에는 말도, 누군가도, 공마저도 없다
그저 혼자 화투패 돌리는 소리밖에

머리 속 어떠한 영역: 이어져서 끊어진다는 것

애써 안치된 기억은 머리 뒤에
자연스레 머물러 있지요

이 후방 대상 피질이란 곳에는
과거의 제적이 없다 들었습니다

발 자라온 그 터는
이름 아닌 존재의 관성으로 기억되기에
나아가도 나아가도 뒤를 잡히지요

실제 과거와 기억은 이리 다른데
'좋았던 것'과 '좋지 못했던 것'이라 부르는 수고는
정말이지 애꿎은 일입니다

또 미래는 얼마나 멀리
혹은 가까이 있는 시점인지
작명하기 어렵지요

앞길이란 자동차 뒷거울과 같아서 그럴 겁니다
그래서 훗날을 향해 나아감이 아닌
받아들이는 처지에 가깝지요

이 후방 대상 피질은
차후에 대한 상상마저도 거쳐 가는 곳이라 들었습니다

오래 누운 흰 침대보는
역시나 하늘로 이어져 나가겠지요

그리하여 완성된 앞과 뒤의 완벽한 연결
상처를 살고 겨울 만을 남겨둔 이에게는
차라리 모든 것이 끊기는 뇌관이지요

'좋은 것'은 몰라도
'좋을 것'만큼은 있었기를

시간과 기억이 그러하단 걸 알고 있음에도,
놓쳤던 무언가 속에서
놓치고 싶지 않았던
세계가 존재했기를

다리 밑에서 주웠던 모든 것

물에 핀 수채화를 왜 그리 바라보는지 물으신다면
이는 그 세상이 실제에 더 가깝기 때문이겠지요

유성우가 박제된 화폭
불투명한 빛만이 남아 그토록 본연의 모습만을

탄천 어딘가
생의 하악질 들리는 다리 아래
그곳에서 모든 낙오의 씨앗을 추려봅니다

삭혀진 채 흘러가는 이른 노년
정처 없이 떠다니는 물 위의 별

그믐달 빼닮은 다리에서 만물을 거두는 시간
방주 있을 곳도 아니지만 그저 숭고하게

길이라는 단어가 없었다면
스산하단 감정도 그러했을 겁니다

밤의 하늘은 너무나도 낮기에
세상 하부에는 그만큼 넓게

그림자가 칠 되어있습니다

각진 시간 속 처절히도 굳어버린 생애는
수명과 달리 인력으로도 풀어지지 않는 물감

나는 낮에 대해선 몰라도 밤만큼은 잘 압니다
저 두 번째 달 아래 위치한 아픔이 나였으니
웅크린 갈대마저 살풀이하는 이 시각이 곧 나이니

이 외딴섬, 뒤돌아가려 하니
어느새 재차 모든 것을 잃어버리고 말았습니다

레트로토피아: 어딘가에 있을 노트에게

안녕, 송별일지 마중일지 모르지만 건네 보아
실은 그저 투고일지도 모르지

시간에게서도 잊혀 무성해진 넝쿨 이파리
나의 파편을 그 위에 남몰래 걸어 보아

시든 엽록의 소리가 데려간 네게
조심스레 뒤늦은 안부 치레를 하지

그때 그린 테제가 낙화 혹은 북극성 중
어떤 결말을 맞았는지는 눈을 보면 알 거야

안녕, 묻기엔 저 멀리 서 있고
또 묻기엔 몹시도 커져 있는 너

이런 반려 과거는 그림자 마냥
걸린 채로 발돋움과 함께하지

헤아릴 수도 잡을 수도 없는
발자국과 지면 간 간섭

그래, 나는 방황 중에 있단다

늦은 바람의 공포는 집주소에 집착하게 만들고
그만큼 이 도시의 냉기는 자라는구나

도망으로 분주해진 진자 운동
구슬과 같은 맥박 사이에서
충돌 없는 한 뼘을 그린단다
적어도 네 공간에서라도 말이야

교집합이 투항한 이곳서 정처 없는 발걸음
그래서 건네고픈 나는
작은 제3세계를 굳건히 떠돌고 배척당하지

그러한 오늘의 조망권 아래 네가 보이길

이왕이면 네가 날 찾아주길
그리고 그때까지 누군가는 안녕하길

윤민지

『너도 나의 이름에 사랑으로 답하는지』

서녘이었을까
무리 지어 날아가
문득 그리다 사라진 것이

볕이 그리던 모든
익숙했던 풍경이
다른 궤도로 운행합니다

사랑은 기억해
보이는 것보다
가까이 있습니다

2022년 3월
윤민지

봄잎

봄길에 만난 햇살처럼
여러 해 같은 마음으로
곁에 머물러 주는 사람

당신과 함께하면
오직 서로 사랑할 리 있으리

빈 소라 안 작은 바다

귀담아듣는 목소리
나지막이
밀려 돌아오는
빈 소라 안 작은 바다

빛은 들지 않는 곳에서도
우리는 여름빛을 알기에
서로의 안녕을 믿습니다

해변의 수평선

밤의 해변으로 구름
다정히 흘러들고
가는 대로 두어도 마음
되돌아와 홀로

서로에게
손 뻗은
수평의 선을
바라다보았다

한때 소낙눈 나려

겨울과 돌담 사이
한때 소낙눈 나려
닫아 두는 열린 새벽
느리고 짙게 이우는

서로 바라다주던
엷은 눈볕과
이곳을 떠다니는
마음 같은 것들도
되비춰질까요

겨울과 돌담 사이
더디게 닫아 두는
우리 한 줄기 엷은 계절

뜰 안에 사랑

볕이 옅을 무렵
뜰에 앉아
푸성귀와
뜻 모를 꽃을
연이어 부르면
흩어지는
민들레볕 하루

어제의 당신이
오늘의 나도
사랑하면 좋겠습니다

숲을 지난 여름

이파리 드리운
마루에 모로 누우면
장독 위로 구름
흐르듯 흘러가지 않듯
기억대로 흩어지고

어깨너머
푸른 곳마다 우는
숲을 지난 여름이었다

빛의 화원

해 질 녘
골목을 내달리면
곁을 지나는
바람 잎새들

사랑할 새 없이
날아가
짙게 이우는
여린 볕의 네가 서 있던

종이가 머금었던
여름이 나고 있었다

홑사랑 2

어느 날 문득
머리맡으로 꽃비
흩어져 내리면

잠시 영원히
아무도 아닌
너를 사랑하는 세상이야

너머로부터

새벽은 누가 빗어 내린 파도인가
당신도 자주
그 앞서 부서져 내렸을까

너머로부터
빛은 들지 않는 곳
껴안을 수 없는
고요는
흘러온 곳부터
차츰 멎어 갔다

나의 당신의 나의

계절을 돌아
어느 날
나의 당신의 나의
이름 곁에 서 주오

나폴

길고 흰 침묵
나폴 나려
희어진 세상에선

헤어진 연인도
마음과
다르지 않게 다른 얼굴로

어떤 매듭도
지을 수 없다는 듯
훗날 이곳을 바라보곤 하였다

혼자

사랑한다
믿고 고쳐 믿고 거듭 믿고

헤어진 사람들이 옛일이 되어가

헤어진 사람들이
옛일이 되어가
거스를 수도 없이

바람이 지났고
다시 만나자
여린 약속만 덧믿을 뿐

달볕

손끝이 겹쳐진 그림자에선
간신히 서로 그리울 수 있고
여전히 사랑하듯 바라보아
달빛은 소멸하지 않는다

꽃말

우리 헤어진 곳부터
잊지 못한 이야기가 많아

사랑한다
봄잎에 머물고도 오래
다음 구절로 갈 수 없네

잎새 그림자

가까이 먼 곳에서
바람 밀려 돌아와
잎사귀 여러 갈래로 헤어지고

그 세계의 아래
당신의 감은 두 눈 위로
잎새 물결지면

여러 세계의
깊은 간격을
찾을 수 없어
나는 당신 곁입니다

사랑해 마지않던

좋아한다 마음은
손 닿을 거리에
여러 해 머물렀고
지쳐 돌아서서 홀로

사랑해 마지않던
목련은 환영도 없이 스러진다

너도 나의 이름에 사랑으로 답하는지

계절 사이로
흘러가는
너의 이름에
돌아보는 내가 있어

너도 나의 이름에
귀 기울여
사랑으로 답하는지

숲나무

달빛에 머무는 숲을 보아
흩어졌다 어두웠다
문득 가만 날아가는
뿌리 깊은 흔들림을
다른 속도로 기울어 자라
서로 기대어 숲을 이루는 우리를 보아

눈이 가는 길

사랑은 중력을 벗어나 작용한다

천천히 걸어오는
그의 눈망울도
지금을 살 것처럼
훗날 이곳을 바라보곤 하였다

이름 사랑 이름

걷다 머물러
숨죽여 사라지는
이름 곁의 눈부신 너를
청춘을 거듭 밝혀
사랑하는 모든 내가 있어

별은 밤을 지낼 수 있다

풀섶으로
숱한 밤을 견뎌낸
별이 곁을 지난다

보다 밝게
빛나지 않아도
별은 밤을 지낼 수 있다

영원의 바깥

순간은 눈의 깜박임에서 온다

세상은 어느 한 편도
존재하지 못한 채
허물어지며 거듭 태어난다

영원하지 않은 세상에
사랑은 영원의 바깥

우린 스치듯 서로 소원하지

헤어져 내리는
별 사이로
우린 스치듯 서로 소원하지

두 사람 손 잡아 한 문장으로
그대 나 그대 서로 소원하지

어느 시간 보고픈 사이

멀리 가는 사랑은
헤어질 수 있다는
믿음에 기대지 않아

시간은 흘러 멀리
물러나 바라보아도
밀려 돌아와 다시
어느 사이 보고픈 시간

꽃 피는 계절

내게 숨겨 둔 바람이
그대 마음을 떠나
나를 다 잊어도

거듭 밝혀
꽃 피는 봄으로
그대 사랑하겠소

세상의 어느 계절
사랑해 피어나는 모든 내가 있다오

깊이 그런 마음

깊이 헤아리면
그런 마음이었다

너의 사랑을 위해
내 사랑이 눈 감아야 할 때

잠시 도망쳐 여기를 잊음으로
텅 빈 나를 영영 편애할 수 있겠다

사막의 밤

잔물결 일어
평온하지 않대도
걷다 머무르는 속삭임을 기억해

그럼 무엇도 해로울 수 없고
아무것도 아니게 되어

네가 보낸 구절로
나는 기도를 건널 수 있어

겨울 인사

잘 지내냐는
눈인사에

먼저와 같이
다른 뜻 없는
너의 첫소절에
나는 진심을 다해 헤매인다

사랑은 모든 단편

사랑은 모든 단편

당신과 손 맞잡고
퇴장할 수 없는 꿈

다른 견해를
구할 새 없이
반짝이며 슬퍼집니다

그러니
우리 굳이
함부로 영원할 것

비의 시절

그늘이 자랐다

여린 가지마다
속삭여둔 바람으로
우리가 어두울 수 있던

밤을 지나
이윽고
비의 시절이었다

무릎을 끌어안으며

무릎을 끌어안으며
한껏 생각한다

세계는 기꺼이
어떤 끌어당김으로
이루어지기에

다음 대목에서
너의 사랑을 위해
눈 감던 내 사랑이
무릎써 한껏 가능하다

청춘

버스에 오른다

식사를 하러 간 사람과
거른 사람이 많은
시각과 시각 사이

돌아나가는 방향에
대비하는 사람과
어쩔 수 없는 사람
손잡이를 붙잡고서
전부 한껏 위태하다

내가 나로
머물기 어려워
저마다 헤매이던 시절이었다

책끝

벗과 오랜 이야기를
모아 둔 곳에 들렀다

벗은 드물게
끝이 접힌 책을
선물하였고

헌책방에서
멀어지고 나서야
책끝을 접던 벗을
이해할 수 있었다

우린 여린 손가락에
속삭여둔 기도

책끝을 풀면
먼 당신과
기꺼이 화해할 수 있는

기억은

지금 거신 번호는
없는 번호입니다
다시 기억해 주시겠습니까

다른 궤도로

서녘이었을까
무리 지어 날아가
문득 그리며 사라진 것이

볕이 그리던 모든
익숙했던 풍경이
다른 궤도로 운행합니다

그리움이 그러더라

당신 참 좋은 사람이라고
그리움이 그러더라

사랑 하나를 켜두고

라디오를 켰다

다르지 않게
다른 날씨와
우리 앞의 고요와
서로의 안부가 궁금해서

라디오를 껐다

사랑하는 우리와
화해하기 위해

그러다 가끔
사랑 하나를 켜두고
내내 적막하기도 하였다

너라는 꽃

너라는 꽃은
그 어떤 계절에도
꽃 피울 수 있단다

자, 피어나렴
어여쁜 사람아

사랑을 쓰고 당신을 바라봅니다

당신의 너그러움이
봄잎으로 자라
우리를 아름답게 합니다

당신 덕분에
오늘도 나는 사랑을 쓰고
세상을 바라볼 수 있습니다

송은지

『한 사람의 감정』

세상이 너무 복잡해서
단순하게 바라보고 싶어
어린 아이 마냥 마음 읽기 편한 단어를 골라
써보는 중입니다

단순해지고

담백해지고

그런 것들이

당연해지고 싶어

마음을 풀어냅니다.

모래

바다를 보러 온 많은 사람의 발자국이 남은
울퉁불퉁한 모래사장

밀려오고 다시 돌아가는 파도에
원래 무슨 모양이었는지
모를 만큼 평평해진다

힘든 일이 있을 때면 입버릇처럼
바다 보러 가고 싶다는 이유

좋지 않았던 일들을
모래사장 위에 내려놓으면
원래 없었던 것이라는 듯
흔적도 없이 사라지는 게 좋아서

누구에게도 들킬 일 없이 쓸려 내려가
바닷소리만 남기고 또다시 사라진다

저울

감정의 무게감을 잰다면
하나의 깊이와
여러 개의 가벼움을
비교할 수 있을까

마주하다

문득 그런 순간이 있다
정해져 오는 것이 아닌 어느 날 갑자기

이 외로움이 싫어
언제쯤 끝낼 수 있냐고 물어보니
언제나 있는 것이란다
누구나 겪는 것이란다

계속 웃고 시끄럽게 지낸 하루에서도
문득 한 번씩 겪는 이 감정은
더욱 외롭게 만들기도 하는 거란다
그걸 인정하고 알아가야 같이 일 수 있단다

도망쳐도 어쩔 수 없이 마주쳐야 하는 것
그걸 인지하고 마주해야만 하는 감정이다
외로움은

우리는 아직도 외롭다
아마 앞으로도 그럴 것이다
조금 덜 외롭게 느낄 방법을 찾아갈 뿐이다

외로움

나는 그런 감정을 언제나
별다른 준비도 하지 못한 채
무기력하게 맞이하곤 한다

사탕

사탕을 한쪽 볼에 꾹 물다
아리는 느낌에 참고 참다 깨물어 없앴어요

입안에 굳어버린 사탕의 조각들이
머물러 있다는 걸 알아달라는 듯
꽤 오랜 시간 남아있네요

계속 만져보게 돼요
이미 없는데 말이죠

아직 남아있는 것

잃거나, 잊거나, 익숙해지거나
사라져도 없어진 것이 아닌
무엇이었든 없다는 것은 변치 않는

무대

조명이 꺼졌다

박수와 함성에 먹먹했던 청각이 돌아오자
어둠 속에서의 적막함이
소리의 공허함이
파도처럼 밀려온다

이곳에는 나 혼자라는 걸
다 떠난 후에서야 보이기 시작한다
다들 갈 곳을 찾아 가버렸는데
나만 길을 잃은 것 같아
그 자리에 한참을 서 있다

다시 불이 켜지기만을 기다리면서

공백

소리가 떠나는 순간
허공으로 사라져 버린다
보이지도 들리지도 않게

여전히

요즘 나에게 가장 필요한 말
항상 여전히
전과 다름없이

안정이 되고 싶어 더욱 조급해져만 가는
하루, 한 시간, 일 분, 일 초에도
바뀌는 내 감정에 지쳐버린 요즘이다

예전의 내 모습을 기억해주는 누군가에게서
'넌 여전하네'라는 말을 듣는다면
수없이 많이 바뀐,
아직 내가 아닌 불안정한 것들에게서
조금은 숨을 쉴 수 있을 것만 같은데

시끄러운 내 마음 누가 볼까
조용히 밤을 바라본다

많은 사람이 밤에 살고 있다
그들도 나와 같은 마음일까

숨

숨을 오래도 참았다
내뱉기까지 참 오래 걸렸다
다시 들이마시는 숨 덕분에 견고해졌다
그렇게 숨을 깊게 들이마시고 내뱉는다

눈치

내 의견이 다수에 속했을 때 안도의 한숨
내 의견이 소수이지 않을까 보이는 눈치

이번에도 내 의견은 없다

결과

반복되었고
끝이 어떨지
계속 겪어서 알지만
그래서 또다시 이렇게 된다

쓸모없는 어느 하나

무덤덤해진 물건에
남은 감정 하나 없이 소진되어
이제는 필요치 않은 하나

다시는 없다는 낙담일까
다 사용하여 버리는 걸까
놓지 못해 놓아버린 걸까

그렇게 버려지는 어느 하나일 뿐

내려놓기

감정이 무거운 쪽이 더 기울어진다는 말에
힘을 빼는 방법을 찾기 시작했다

어느 날은 바람의 무게가 달라서
기울어지기도 하고
또 어느 날은 아무 이유 없이 움직이기도 한다

지금의 내가 어디에 있는 줄 안다면
내리기도, 다시 시작할 수도 있지 않을까

조금씩 내려놓는 방법을 배워가는 중이다

무게

마음이 하염없이 가라앉아 진정이 되지 않는다
가라앉는 기분에 마음은 더 무거워지고
아래로 나를 끌어당겨
그대로 꺼져버릴 것 같아 무서워
한없이 움츠리게 된다
작아지지만 무거워지는 마음이다

내 공간

소리는 들리지 않는다
한없이 먼 곳을 바라본다

혼자가 아닌
한없이 먼 곳을 바라본다

혼자가 아닌
그렇다고 둘도 아닌

그런 공간 안에서
외로움이 때론 위로가 되기도 한다

나는 나와 있는 방법을 알아가는 중이다
수면이 올라가 나를 잠식하기 전에

0번째, 시작

처음과 두 번째,
그러고 세 번째까진 같은 게 없었고
네 번째부터는 조그맣게 하나, 두 가지
다섯 번째부터는 조금씩 늘어나서
지금은 보이는 시야가 더 넓어졌고
보고자 하는 것에 집중하고
더 알아가고 싶은 그런
작은 마음 하나 커지는 중

부재

'언젠가'로 약속한 그 말
긴가민가하면서 내내 기다리는 것
당신은 잊었을 수도 있는
무게가 없었던 말
혹시나 하는 마음에
아직도 혼자 기약하고 있는 말

그릇

담아내지 못해 깨져버린 것은
담아주던 사람의 실수였을까

마음

소리 없이 무너졌다
기다린 지 아무도 모르게

쉼표

아무 생각 없이 그렸던 작은 원들이
뭉치고 뭉쳐서 커져 버린 점이 되었다

끝내기에는 그 점 하나가
너무 답답해 보여서
살짝 선을 내려 길을 만들었다

크게 숨을 내쉬었다

다음 문장으로 넘어가기 전에
오랫동안 쌓이고 쌓여 커져 버린 감정에
잠시, 쉬어갔으면 좋겠기에

완성되지 못한 그 하나를
숨 한번 크게 들이키고
힘든 것들도 내뱉어서
다음에 쓰일 문장은 조금이라도
행복하게 마무리되었으면 좋겠다는 바람이었다

아이

기대하고, 설레고
상처받고, 실망하고
그러다 다시, 익숙해지고

작은 상처에도 아프다고 울고 싶지만
그러지 못해 눌러 담고 있는
아직 어린이 되지 못해
한없이 여리기만 한 마음이야

감정을 내보이는 그것조차 망설일 정도로
웅크리고 싶은 어린아이 같은 그런 마음이야

바다

새벽 한 시
바다와 하늘의 경계선이 없어진 시간

빛을 비추는 아이와 바다와 하늘이
새벽 어느 시간, 하나가 된다

보고 있어도 보이지 않아 더 집중하게 되고
보려 노력하지만 다른 것이 들어온다

내일은 하늘에 별이 보였으면 좋겠다
같은 하늘을 바라보아도
언제나 다른 하늘이어서
그냥,
내일은 그랬으면 좋겠다

비우기

파도 바람에 흔들리는 나뭇잎 소리에도
어두운 바다에 홀로 빛나고 있는 등대에도
하늘과 경계선이 없이 섞인 색에
아무것도 보이지 않고
온전히 소리와 바람만 남는다

시간 가는 줄 모르고 말소리조차 없이
계속 바라만 보다가
마음의 가벼워짐을 느낀다

인 연

스쳐 가는
스쳐 가고 있는
그러는 중인
끝났을 수도 있는

괜찮아

만남보다 헤어짐이 더 어렵고
처음보다 마지막이 오래 남는다

누구나 어려운 마지막이기에
먼 훗날, 그 사람이 생각날 때
그땐 그랬기 하며 떠오른다면
우리의 관계는 괜찮았다고
이야기할 수 있지 않을까

소소한 감정

시작이 좋으면 느낌이 좋고
느낌이 좋으면 상대가 알고
그 감정이 전달되어
같이가 되는 과정

원하든, 원하지 않든

이미 듣고자 하는 답을 정해놓고 하는 대화는
점점 건조해졌고
조금이라도 내 마음 편해지고자
그 말을 유도하는 나쁜 사람이 되곤 한다

누군가의 답이 맞았다 할 수 없이
누군가의 마음에는 무언가 쌓였다

이미 많이 쌓여 간신히 무너지지 않게
버티는 중일지도

어른아이

감정에 더 솔직해져 보려고
좋으면 좋다고
보고 싶으면 보고 싶다고
담아두고 미루다 바뀌고
사라져 버리는 감정에
속상해하는 날이 줄어들고
변질되지 않은
원래 내가 하고 싶은 말들을 솔직하게
전달하는 날이 늘어 갔으면 좋겠어

표현하는 것이 어렵다고 생각이 들 때면
어린아이가 된 거처럼 생각하면
조금 더 순수하게 이야기할 수 있지 않을까

꾸며지지 않은

어려운 말이 아닌
단순할 수도 있는
담백하고 간결한 말

말에 꾸밈을 빼고
솔직한 감정을 담아내는 연습 중

마음

가장 소란스럽지만
잔잔하고
고요하고 싶은 곳

선, 길, 하나

목적지가 있었던가
아니, 있어도 곧 떠나야 할 거였나
오래 머물러 있을 곳 하나 찾지 못해
마냥 걷는다
앞이 아닌 아래를 보면서

그림자

흔들리는 건 내 마음이었을까
그냥 그 순간들이 잊히는 과정이었을까

노력

너라면 이렇게 이야기하지 않을까
생각하게 되고 이해하게 되는 것들

어른

말하는 것보다 듣는 것이 많아졌을 때
힘들면 쉬어갈 수 있는 여유가 있을 때

그때야 나는 어른이 되었다고 할 수 있을까

예상

생각했던 것이 일어나는 것
생각지도 못한 것이 일어나는 것

아무런 예고 없이 들어와
예상치도 못한 것들이 생기는 것에 대한
불안감에 생각이 많아지는 중

방지턱

안 좋은 생각을 앞세운다
멈추면 그럴 줄 알았다며 한숨을 쉬고
지나가면 별일 아니었다며 안도한다
그러지 말아야 한다는 걸 알면서도
생각 하나를 또 세운다

오답

네가 하려는 말이 다른 걸 알았어도
나는 듣고자 하는 말만을 원하고 있다
이기적인 걸까

오해

나는 그런 의도로 이야기한 게 아닌데
네가 그렇게 생각하는 것이 잘못이야

오해라는 단어로 다 성립이 되는 이유

아래

바다도 바닥이 보인다고 해서
얇은 것이 아니라 맑은 거였고
깊이는 다가가기 전까지 모르는 거였다

남현수

『보통날의 일상소품집』

2년 전 그러니까, 가장 처음에 썼던 것들을 모았습니다.
이리저리 헤매고 부딪히고 서툴렀던 기억들이지만,
움트는 생명을 내 손으로 막고 싶지 않아서
누구에게는 숨 하나를 더 얹기를 바라는 마음으로 열어 보냅니다.
조금 허섭하다고, 조금 약하다고 가로 막힌다면
분명 속상한 마음이 앞설 테니까 말입니다.

참, 소란스러운 곳을 잠깐 떠나고 싶을 땐
좋은 시들이 엮인 시집을 읽어보시길 권합니다.

그리고 지금은 조촐한 것들이지만, 언젠가는
제가 한 다발의 맛있는 시를 담아서 선물하겠습니다.
그때까지 평안하시길 기도합니다.

부재不在

중년 신사의 뒷모습이
마음속 그리움을 점화한다

나홀로 시작된 추격전
결코 앞지를 순 없다
아님을 알기에, 아니어야 했기에

긴 레이스는 일찍이 막을 내리고
고개를 돌린 사내의 얼굴은
명백한 사실을 쏘아댄다
아버지가 아님을, 그럴 수 없음을

그 순간 나는 다시
다른 단어로는 피해갈 길 없는
광장의 고아

나의 의지로 막아내지 못한
손발이, 두 눈이, 폐부와 심장이
각자의 방식으로 서럽게 울어댄다

소란스런 지체들의 울음은
다시 광장을 이루고
감각의 상실은 헤맴을 낳고

출구를 찾지 못한 음성은
성대와 입술 그 사이
어설픈 진동을 만들어냈다

부재(不在)란 야속한 떨림이던가

비 소식

웅덩이를 가볍게 치던
빗방울이 말을 건다
"오늘 날씨가 어떻게 됩니까"

물방울이 어리석어 보였다
무슨 우스운 소리냐며
비가 내리고 있지 않냐고 답했다

그러나
빗방울은 표정 하나 바뀌지 않고
되려 나를 빤히 바라보았다

나는 그제야 알게 되었다
어리석은 것은 나였으며
빗방울에겐 늘 비 소식 뿐이었다는 것을

일광건조

기울어진 시골길을 뒤로 걸으며
찬란하게 흩어지는
햇살을
집어 들었다

아득히 먼
어렸던 나의 기도
어설픈 나의 소망
이런 것들은
여전히 빛을 내어주고
어리석은 나의 눈에 다시 박힌다

아, 눈이 시큰하다
더러운 모래알 같은 것이 씻겨 나간다

굵어진 머리가 좀 더 하늘에 가까와도
걸음을 옮기기 무거워
퍼렇게 곰팡이가 슨
살이 찐 서러운 몸뚱이에 볕이 든다

빛이 스며든 자리엔 선선한 바람이 불어온다

설렘

이름만 불러도
내게 행복을 주는 사람
이만큼 보고 싶은 너

빨랫대

너는 참 우직하구나

쭉 뻗은 두 팔 큰 품 안에
수많은 슬픔이 기대어 쉰다

그들의 눈물이 다 마르면
다시 자리를 찾아 떠나면

너는 또 홀로 된 시간을
말없이 기다리겠지

아직은 창문을 여는 것밖에는 할 수 없어서

지난밤에 무슨 꿈을 꾸었는데 이젠 떠오르지 않습니다
아침에 찌뿌둥한 몸을 일으켜 창밖을 보아도
칫솔질에 밤사이 묵는 내를 닦아내도
온통 거울에 비친 나를 보는 것 아닌가 합니다

나 밖의 다른 것을 사랑하리라 그렇게 다짐했는데
어디를 보아도 결국 두 눈에 담긴 건 나뿐인 듯해서
한참을 바보인 듯 속상한 채로 남겨져
외로움에 몸을 기대 울었습니다

저도 가을밭의 곡식처럼 금빛으로 익으면
우물을 길러 타는 목을 적시는 일 말고
길 잃은 자들 마음드리 쉬고 가는
나그네의 고향이 될 수 있겠지요

그때엔 우는 젖먹이들의 울음이 그치고
철쭉도 개나리도 벚나무도 민들레도 한데 모여
오래도록 소망하던 꽃잎을 내고
저도 새들이 깃드는
큼지막한 두 팔 벌린 나무가 될 수 있겠지요

그래, 기다려야지
누구를 살리는 낱알에게 배워야지

당신을 진정으로 사랑하는 꿈을 꾸게 해달라고
기도하며 오늘도 창문을 엽니다

나사못

제자리를 수어 번 돌아
끝내는 구멍을 내고 박혀버린 나사못
통증을 느끼기엔 너무도 차가워진 너

무언가를 잇기 위해서도 아니고
그렇다고 잊히기 위해서도 아닌데
그저 눈길이 자꾸만 머무는 자리에 박힌 너를
나는 사랑할 수 있을까

궤도가 꽤나 크다
박힌 못이 떠난다면
빈자리가 외로워 헤맬 테니
그저 그 자리에 두고 바라보기로 한다

길 헤매기 게임

리튬이온 어쩌고...
개인 비서께서 전력을 요구한다
이제 잠을 자야지

Dolby Atmos, 스테레오 어쩌고...
공간감 오디오 스피커에서
뚜두두 알람이 울린다
그래 일어나야지

120Hz, 니트 어쩌고...
잔상이 제거된 선명한 화면에서
하얀빛이 깜빡하고 스친다
다시 잊어먹어야지

주름진 구두를 벗지 못한
내 의지는 오직 취침과 기상뿐
망각을 위한 깜빡임에 눈을 맞댄다

다시 길 헤매기 게임, 다시 또 하루

고백

소홀했던 마음 어귀에 창을 하나 내어
투명한 목소리만 남기겠다 다짐하며
다시 숨을 크게 들이쉽니다

그래요, 사실 저는 여태 울었습니다

너털거리는 걸음으로 온 동네를 쏘다니다
시퍼런 멍이 든 채로 그대 앞에 섰을 때
기어코 입꼬리를 올려 웃는 모냥을 만들었지만
당신을 속일 수 있을 리가요

물음 하나 없이 다가와
천사 같은 얼굴에 쏟아낸 눈물과
나를 덮쳐온 무구한 포옹에
저는 완전히 무너져버렸습니다

아, 겨울 하늘은 얼마나 아름답던가요

슬프고 허탄한 시절이 다 지나고
생명이 온 세상을 다 덮어서
갖은 색의 꽃과 열매를 빚어낼 그때에

당신께 고백하겠습니다

다른 단어로는 도무지 달아날 수 없는 그대이기에,
정말로 사랑한다고 말입니다

지우개

펜이야 제 맘대로 길을 내면 그만이지만
쓰라린 몸을 이끌고 오류난 길만 쫓는 너는
속도 없는지 배시시 웃고
그래도 저를 잊지 말라고
돌돌 말린 편지를 남겼다

허점 많은 나는 아직도 자신 없는데
닳은 편지마저 이제는 옅어져 간다
참 걱정이다

바람이 내게 말했다

저벅저벅 발을 옮겨온 길 위에서
새들의 보금자리를 세우는 마른 나뭇가지와
씨앗 품은 땅을 덮는 빛바랜 낙엽을 만났다

세상 가장 낮은 자리에 한껏 엎드린 채로
기어코 이 땅에 생명을 내리라 외치는 바보들

나는 그대들이 부럽다

내가 간절히 바라던 꿈들이
저기 차가운 자리에 불을 지피다
타는 마음에 말라버린
나뭇가지, 낙엽 그 속에 있어서

저벅저벅 발을 옮기다 길 위에서
나는 얼마만큼의 수분을 덜어내고
조금 더 마른 존재가 되기로 다짐한다

바람도 그 맘을 다 아는지
조금 쉬었다 가라고 내게 말했다

광물성 심장

사람들은 착각하곤 한다
벌건 피가 심장을 움직인다고
하지만 나는 안다
심장은 원래 빛을 머금어야 뛴다는 걸

살갗과 갈빗대에 가려
바로 볼 수 없지만
심장의 빛깔만은 숨길 수 없어
곁에 서면 옮겨붙곤 한다

심장은 원래 그런 것이다
같은 빛을 품고도
다른 빛깔을 내뱉는다
그리고 주변으로 번져 나간다

사람들은 사실 알고 있다
빛을 머금은 광물성 심장이
여전히 속에서 뛰고 있음을
살갗과 갈빗대에 가려진 것뿐이라는 걸

눈물의 자리

세상에서 자리를 차지하는
모든 것들은
저마다의 분명한 소명을 가진다

타들어 가는 맘에
눈가를 따라 고인 눈물도
하나의 소망을 품고
눈물샘을 지나왔다

검게 그을린 자리
한두 방울 소독하고 선
조약돌을 품는 샘처럼
덧나지 말라며 안아준다

나의 세상에
마르지 않는 눈물의 자리는
잿더미 속에도 잎을 틔워낸다

아버지

아버지,
저는 모르는 게 참 많습니다
여전히
서툰 말투로
누군가에게 생채기를 내고
내 맘과 다른 말을 툴툴거리기도 합니다

아버지,
저는 두려운 게 참 많습니다
떨리는 손짓으로
어렴풋이 그리던 미래도
모조리 불확실한 안개로 흩어져만 갑니다

가끔,
마음이 퍽 먹먹하고
북받치는 서글픔에 목이 조여오면
무거워진 설움이
얼굴을 따라 흐르면
그날에는,
저는 어떡해야 할까요

그립고, 그립고, 그립습니다
유약한 어린 시절
발을 맞추어 걷던 그 길 위에서

소리 없이 울리는
뜨거운 메아리

아버지, 아버지, 아버지

사람에게는 얼마만큼의 땅이 필요한가

환한 빛을 내는 베란다 몇 칸이 보인다
가로로 누운 격자의 틀
그 속에 담긴 가족들의 풍경
이 그림을 사려면
한평생을 팔아야 한다던가
아니 그래도 살 수 없다던가

앳된 얼굴의 부부가
억 소리를 내다가
쿵
무너졌다

마른 물티슈

어제는 참 오래 울었습니다

식탁 위의 마른 물티슈
존재의 의무를 잃고
말라버린 얇은 천 조각
그게 나인 것만 같아서

비틀거리는 영혼들
한 바가지 쏟아낸
식탁 위의 눈물바다를
나의 두 팔로 한아름 안아내고 나서야

어엿한 하나의 존재가 되었습니다

등대

망망한 세월이 덮인 모래 바다엔
가끔 부싯돌도 없이 불이 붙곤 한다

처음과 마지막을 넘어서
영원으로 타오르는 빛

오늘도 꿋꿋이 서서 살아있노라 말하는 누구들
어제를 그리워하며 잊힘에 잠기는 것들
모두
생명을 빚어낸 온도로 타며
사랑한다, 너를 사랑한다
나긋한 고백을 풍긴다

이윽고,
드디어,
이미 그리고 아직 위에 걸쳐진
나에게

이글거리는 사랑은
일렁이는 바람으로 옮겨붙어

거무튀튀한 것들만
골라 태우고
순백의 빛만 남겨서
길 없는 데에
올곧은 뿌리를 내리고
집으로 항해할
길을 내는 등대가 되라 한다

사랑의 비합리성을 이야기하는 사람에게

사랑의 비합리성을 이야기하는 사람을 보았다

하지만 사랑은 그렇지 않다
캄캄한 밤이 환한 대낮으로 밝아지는 것
세상의 질서가 새로워지는 것
아니, 오히려 새로운 세상에 발을 딛는 것

서로의 세계에 전복당하고
서로의 손이 포개어지는 것
상식의 궤도를 한참 벗어나
서로가 전부가 되어버리는 것

이전 것은 지나가 버렸고, 이미 새것이 되었다

길가의 모든 것이 빛을 뿜어낸다
무엇보다도 아름다운 오늘이다

평안

무너지지 않는 태양의 맑음이
얕은 뿌리로 생을 버티는 한 줄기 백합화를 비춘다

속살에 스미는 환한 감촉으로
포도송이 방울 방울마다
열리는
밀려오는 충만함은
온전히 나의 것

세상의 끝에는
왕도 없고
왕관도 없고
그저 올곧은 사랑만이 남아서
백합화를 감싸 안는다

평안이 우러나온다

재의 수요일

예수를 만나러 온 부자 청년
무어라 이야길 하더니 돌아서 멀어진다
그 청년, 얼굴이 흑빛이다
흙으로 돌아가려나 보다

옷걸이

옷걸이는 혼자서는 옷걸이가 아니다
뼈대만 앙상한 플라스틱 가지일 뿐

고된 하루를 견뎌낸 겉옷의 무게
축 처진 어깨에 묻은 눈물을
보듬어 줄 때야
비로소 옷걸이가 된다

빈자리

너는 왜 떠나지 않는가
시간은 이미 앞서 달려가
자꾸만 나를 보채는데
빈자리가 보일랑 싶으면
드문드문 자꾸 고개를 드는
잃어버린 반지 같은 사람아

서른마흔다섯

온종일 네 이름을 부른다
내 설렘은 은하의 별
서른마흔다섯만큼 멀다 해도
기다림 역시 사랑하는 일
너는 봄 그리고 하얀 민들레

웅덩이

비가 지면을 때리며는
흙도 얼마간은 비에 맞서 튕긴다

그러다 우후죽순 쏟아지는 폭우를 데려오면
그제야 쪼그리고 앉아 볼멘소리로
웅덩이를 뱉어낸다

마음이 패여서 그런 거다
자꾸 맞으면 누구든 골이 나는 거지
피한다고 호락호락 넘어갈 비가 아닌데
아니라고 괜찮다고 버티면 어쩌나
멍든 자리가 애리면 그게 통증인 걸

고마워

두티운 옷가지를 포개어
상자에 옮겨 담으며
이제야 인사를 전한다

길었던 겨울나기
네가 없이 나는
살아남지 못했을 거야

살을 에듯 매서운 어느 날에
상처를 싸매고
나보다 더 큰 소리로 울어대던
네게, 인사를 전한다

참 고마웠다고,
다시 계절이 돌고 돌아서
우리 사이로 돌아오면
그때엔 얼굴을 마주하고 인사하자
참 반갑다고, 잘 지냈냐고

마침표

꽃 같은 그대가 바늘을 뱉어낸다
예리한 모서리의 끝에 날이 서 있다
나를 향해 날아온다
더는 피할 길이 없다
막다른 길
나는 그만 얼굴을 가리고 소란스레 울음을 쏟아낸다

.

변하지 않던 계절이 문을 두드리고
시간은 내게 이른 겨울을 선고한다
작은 기도
숨을 들이마시다
숨을 내쉰다
이제 바늘을 받아낼 준비를 마쳤다

살을 밀고 들어오는 통증
처음과 같은 향기가 나는
그대를 바라본다
온점은 화창한 봄의 종말을 고했다

화목제물

냉동육이 아니다
생(生)고기다
핏기가 뻐끔거리는
생(生)고기

고기는 구워지면서 꿈틀거린다
숨쉬며 살아온 모든 날을
압축하듯 쪼그라들고
잘려 나간 다음에야
먹음직한 향기를 드러낸다

벌건 살점에 숨겨졌던
속내
지글거리는 소리를 내며
하얗고 노란 마음으로 익어가고
초록빛을 감싸 안고
삶의 깊숙한 터널을 지나간다

거무스름한 나는
식탁에서
하얗고 노란 마음으로 물들어
드디어,
당신을 만난다

살아간다는 건

노곤한 하루를 씻어내는 물줄기에
몸을 기대어
거칠은 피부를 매만지다
눈가에 새로 난 주름을 바라보았다

나라는 사람의 마음이
새겨진 주름만치는 깊어졌는지
지나온 세월만치는 익어왔는지
허구한 상념들이 하얀 구름으로 나를 집어 삼켰다

거품으로 부푼 허영을 걷자
눈을 가린 안일한 껍질을 벗자
허울진 그림자뿐인 시커먼 속을 닦자

다시 거울에 다짐하는
그 자리엔 작고 여린
어린 날의 그리운 내가
빙그르 춤을 추며 바람처럼 나부낀다

나 아닌 것들 그 틈바구니에 숨었던
앳된 모습의 나는

묵은 때를 벗고 이제 숨을 쉰다
연거푸 폐부의 빈자리를
살아나는 숨으로 채워 넣는다

마디마다 따듯한 숨이 퍼뜨려져
생의 감동이 물결로 출렁인다

살아간다는 건
춤을 추며 흔들리다 지친 맘을 털어내고
정든 이의 포근한 품에 안겨
잠에 드는 것

희망

아득한 바다 위에라도
소망에 닻을 내린 영혼에게
고독은 더 이상 독이 아니다

동이 트길 기다리는
맑은 새벽녘에 피어난
노란 빛줄기,
희망의 꽃봉오리는
오늘도 솟아난다

눈물이 하는 일

눈물은 제 할 일을 안다

그가 버티지 못할 통증을
맑게 연하게 녹여주는 일

뿌옇게 얼마라도 가리며
흐린 커튼을 치는 일

덧나지 말라고
씻어주는 일

눈물은 오늘도 제 일을 하고 있다

노인의 주름

새벽 지하철 노인의 주름에는 꿈이 묻어있다
주름은 나이테가 아니던가
일말의 정적
헤진 거죽 가방을 움켜쥔
어딘가 옹골찬 노인의 눈은
꿈을 담아논 상자를 꺼내 보였다

아, 허탄한 시간이여
그대는 세상의 노래
무성한 초록 잎의 여름 이야기
뺨을 타고 흐르는 시

주름은 분명 내 것이 아닌데
달아난 나를 붙잡아 놓고
이렇게 말을 건넸다

연필

흑심을 품은 너
사각사각
서투른 모양으로
조금씩 드러낸다

하얀 종이 다 메워지면
너의 꿈에 색이 묻어나면

이제야 네 맘을 알겠다
검은색에 숨겨놓은
너의 진심

길 위에서

겨우내 찬 바람 불어 얼어버린 길 위
땅을 녹이는 벌건 핏물을 떨구는 사내를 보고
멀찍이 따라 걸었다

자신의 전부를 쏟아내
흑백의 세상에 색을 입힌
땅을 수놓은 붉은 물은 이제
강물이 되어
얼은 것들을 녹아내고
멈춘 시간이 흐르도록 살려낸다

정말이지,
안쓰럽고 외롭고 그립고 우직한
그 길 위에서

세상 모든 눈물이 다 내 것인 양
한껏 머금은 채
나도 모르게 눅눅해져 버렸다

슬픔을 어깨에 메고
더욱 느려진 발걸음으로

앞서간 핏자국을 따라
또 걷다가
멈추어 섰다가

건조하던 나의 세상에도
봄비가 둑둑 떨어진다

하늘을 우러러 본다

여전히 당신의 파도를 듣고 있습니다

2022년 5월 3일 초판 1쇄 발행
2022년 5월 3일 초판 1쇄 인쇄

지은이　　　|　김남준, 문하, 윤민지, 송은지, 남현수

책임편집　　|　송세아
편집　　　　|　안소라, 김소은
제작　　　　|　theambitious factory
인쇄　　　　|　아레스트

펴낸이　　　|　이장우
펴낸곳　　　|　꿈공장 플러스
출판등록　　|　제 406-2017-000160호
주소　　　　|　서울시 성북구 보국문로 16가길 43-20 꿈공장 1층
전화　　　　|　02-6012-2734
팩스　　　　|　031-624-4527
이메일　　　|　ceo@dreambooks.kr
홈페이지　　|　www.dreambooks.kr
인스타그램　|　@dreambooks.ceo

ISBN　|979-11-92134-12-3

정 가　| 13,000원